KAT

lily

RBA MOLINO

Texto: Pau Clúa Sarró.
Ilustraciones: Lidia Fernández Abril.
© de esta edición: RBA Libros, S.A., 2018.
Avda. Diagonal, 189 - 08018 Barcelona.
rbalibros.com

Diseño de la colección: Compañía.

Primera edición: mayo de 2018.

RBA MOLINO
Ref.: MONL430
ISBN: 978-84-272-1330-2
Depósito legal: B-7.982-2018

Impreso en España - *Printed in Spain*

SUPERMASK

Lily y el enigma del fondo de los mares

RBA

¡Por fin, vacaciones!

Cinco, cuatro, tres, dos, uno...

¡RIIIIIIIIIIIIIIIING!

Ahora sí. Ya es oficial.

Empiezan las vacaciones de verano en la Poderosa Escuela de Talentos Sobrenaturales, conocida internacionalmente como PETS.

Todos los alumnos sin excepción, incluso los que tienen superpoderes de animales lentos, como las tortugas, los perezosos y los ciempiés, recogen sus libros, colocan bien las sillas, se despiden de los maestros y salen de sus clases volando, trotando, corriendo y saltando.

—¡Que tenga un buen verano, Mr Jotas! —se oye en la clase de educación física.

—¡Que descanse mucho, Miss Bífida! —exclaman en el aula de entrenamiento de superpoderes.

—¡Hasta septiembre, Lady Búho de Nieve! —dicen a la directora.

—¡Que vaya bien, señor Tan! —desean al profesor de matemáticas.

Los estudiantes están ansiosos por volver a sus casas y abandonar la escuela durante los dos larguísimos meses de verano que tienen por delante.

Kat, Emma, Lily, Sophia y Olivia también, por supuesto. Y no porque las Supermask lo hayan pasado mal durante el curso, al contrario. El primer año en la PETS ha sido muy divertido, pero también un poco duro. Han reído y han llorado. Han vivido aventuras, han perfeccionado sus poderes y, lo mejor de todo, se han conocido. Porque todas están seguras de una cosa: han tenido muchísima suerte porque son las **MEJORES AMIGAS** que se pueden encontrar.

—Seguiremos viéndonos durante las vacaciones, ¿verdad? —pregunta Sophia camaleón al resto de las Supermask.

—Pues claro —responde la dormilona Olivia—. Cada día, si quieres. Mientras no quedemos a primera hora de la mañana...

—Además, vivimos todas muy cerca unas de otras. Yo en medio minuto me planto en vuestras casas —comenta Emma.

¡Qué diferencia del día que empezaron el curso! ¿Os acordáis?

La curiosa Kat, con poderes de libélula, no se atrevía a volar. Emma guepardo no siempre controlaba su velocidad. Olivia, que posee la fuerza del panda, se quedaba dormida en el momento y lugar menos pensados. Bueno, eso a Olivia todavía le pasa, pero ya se han acostumbrado...

—¡Adiós, escuela! —exclama Lily al pasar por el patio, cargada con unos cuantos libros de la biblioteca.

—¡Adiós, exámenes! —Se alegra Kat, batiendo sus alas de libélula.

—¡ADIÓÓÓ…

Pero Olivia no puede terminar la frase.

—Sssseñoritassss —les dice Miss Bífida, la maestra serpiente más exigente de la escuela—.

Recordad que tenéissss que practicar vuestrossss poderessss cada día.

—Claro que sí, Miss Bífida —contestan al unísono las cinco Supermask mientras observan embelsadas el elegantísimo traje verde que tan bien le sienta a la profesora y su inseparable bastón.

—Y tampoco os olvidéis de pasarlo muy bien —les dice Miss Colibrí, su tutora, guiñándoles un ojo.

—Eso está hecho —contestan todas con una gran sonrisa.

De camino a casa, las cinco amigas pasan por la gran puerta de la escuela y bajan por la Gran Avenida de Animal City en compañía del resto de los alumnos.

Como ha comentado Emma, las cinco Su-

permask viven muy cerca unas de otras, al lado de Power Park.

Lily y Kat son vecinas y ya se conocían antes de empezar el curso. Olivia vive un par de calles al norte; y Emma y Sophia, justo al otro lado del parque.

Así que para verse lo tienen superfácil: quedan en el mismo parque, como hacen todos los estudiantes de Animal City cuando tienen tiempo libre o, sencillamente, cuando buscan un sitio amplio para practicar sus poderes.

Power Park es el punto de encuentro para la mayoría de los habitantes de la ciudad, tanto adultos como jóvenes, especialmente cuando llega el buen tiempo.

—¿Nos vemos mañana, entonces? —pregunta Emma.

—¡Claro! ¡Hasta mañana! —contesta Lily—. Si hay algún cambio nos llamamos.

—¿A las ocho, entonces? —bromea Sophia—. ¿O un poco antes?

—Ni hablar —contesta la chica panda—. A las diez, como mínimo...

2

Power Park

A las ocho de la mañana del día siguiente, por muy increíble que parezca, la primera dispuesta a ir a Power Park es Olivia. ¡¡Dos horas antes!!

—¿Se puede saber adónde vas a estas horas, Olivia? —le han preguntado sus padres—. Pero ¡si es sábado y estás de vacaciones! ¿Estás enferma?

No, enferma no, pero raro sí es...

Está de vacaciones, no tiene sueño y, después de haberse zampado lo que desayunan Kat, Lily, Emma y Sophia juntas, se dirige hacia el parque. Aunque no se celebra ninguna fiesta ni es el Día de los Superpoderes, Olivia se ha vestido con su mejor conjunto de panda: las orejitas blanquinegras en la cabeza, el antifaz oscuro y brillante, el cinturón dorado, las botas de terciopelo marrón...

—¿Tú tampoco podías dormir? —le pregunta Lily, que está sentada en un banco.

—¿Lily? —Se sorprende Olivia—. Pensaba que sería la primera en llegar.

—Qué va —contesta Lily—. Esta noche no he podido dormir y he estado leyendo hasta la madrugada. No sé qué me pasa.

—Es normal, Lily —asegura Olivia—, llevamos todo el curso levantándonos superpronto. ¿Damos una vuelta mientras esperamos a las demás?

—Vale —contesta Lily.

—Veo que tú también te has puesto tu traje especial de delfín. Me encanta.

Así es. Lily lleva su pelo rubio recogido en una coleta, los guantes azul celeste y el traje, las botas y la capa rosa que tanto le gustan.

Mientras pasean, ven que el parque está casi desierto. Algún corredor por aquí, dos madrugadores por allá. El ajetreo de los pájaros y el viento entre los árboles son los únicos sonidos que se oyen entre las esculturas de animales repartidas por todos los rincones. El parque está plagado de ellas porque todos los anima-

les del mundo tienen su estatua. ¿Los ornitorrincos también? También. ¿Y los escarabajos peloteros? Por supuesto. Mamíferos, aves, peces, reptiles, anfibios y todos los invertebrados tienen su propia escultura para que absolutamente todos los habitantes de Animal City estén representados.

—¿Conoces a alguien con poderes de ciempiés? —le pregunta Lily a Olivia.

—Pues sí —responde Olivia—, una chica de tercero. La que es amiga del niño con poderes de medusa.

Poco a poco, paso a paso, estatua tras estatua, las dos amigas pasean por todo el parque hasta el gran estanque central. Ya son casi las diez y empiezan a verse madres y padres con sus hijos, jubilados y muchísimos estudiantes.

—¡Kat, Emma, Sophia! —exclama Lily al ver a sus amigas—. ¡Estamos aquí!

—Habéis llegado muy pronto —dice Sophia abrazando a sus amigas.

—Es que no podíamos dormir —responden Olivia y Lily.

Alrededor del gran estanque central, grupos de estudiantes de la PETS han tenido la misma idea que las Supermask y se saludan, se abrazan, comentan la jugada y empiezan a practicar sus superpoderes. Todos van con sus mejores trajes, como las Supermask, luciendo orgullosos el superpoder de su animal y convirtiendo así el parque en un gran tapiz multicolor.

Parece que han venido TODOS. Al menos, todos los compañeros que han compartido curso con Kat, Emma, Lily, Sophia y Olivia.

—¿Has visto? —susurra Emma al oído de Kat—. También ha venido Zack.

—Sí —contesta la chica libélula—, Zack el zorro y sus amigos con poderes de lobo. ¿Quieres ir a saludarlos?

—No, no —contesta Emma sonrojada.

Las que también han venido y ya empiezan a exhibirse son Kim pavo real y sus dos inseparables amigas: Katya gata y Kelly avispa.

—¿Has visto a Katya? —le dice Sophia a Lily—. ¡Cada vez salta más alto!

Pero la chica con poderes de delfín no contesta. Algo en el estanque ha llamado poderosamente su atención.

—Lily, ¿estás bien? —pregunta Sophia.

—Sí, sí —contesta Lily—. No me hagas caso. Es que hoy estoy rara.

3

¿Qué le pasa a Lily?

Al parque van llegando más y más alumnos para practicar sus superpoderes animales.

—¿Volamos por encima del estanque? —propone Kim, la chica que tiene poderes de pavo real y que luce su brillantísimo traje azul.

—Vale —asiente Kat.

Tres.

Dos.

Uno… Las dos chicas empiezan a dar vueltas por encima del agua y todos los presentes las corean. A Kim le encanta que la miren y no para de extender sus coloridas plumas mientras da saltos mortales en el aire. Sus íntimas amigas, Katya y Kelly, están encantadas y no paran de aplaudir.

—Qué buena es, ¿verdad? —exclama Katya.

—La mejor —contesta Kelly—. ¡Y es taaaan elegante!

Kat planea a ras de agua, pero como ve que todos están pendientes de las acrobacias de su compañera, deja de volar.

—¿La has visto? —le dice Kat a Sophia—. Es tan... tan...

—¿Pavo real? —contesta Sophia sonriendo.

—Exacto. —Se ríe Kat.

Un poco más lejos, Emma guepardo intenta alcanzar a una niña con poderes de correcaminos y Sophia aprovecha para camuflarse entre la hierba.

—Cuidado, Sophia. ¡Te camuflas tan bien que alguien puede pisarte! —comenta Kat.

—Gracias —contesta la pelirroja Sophia, orgullosa de su superpoder—. El verde de este traje es perfecto para pasar desapercibida en la hierba y también en el agua.

Mientras tanto, los niños con poderes de primates saltan de árbol en árbol, los alados sobrevuelan el parque, los arácnidos tejen sus redes entre las ramas y, entre tanta actividad, Olivia aprovecha para dormir un poco bajo la estatua del panda. Lily, por su parte...

—¿Por qué Lily continúa con la mirada fija en el agua? —pregunta Emma, casi sin aire, después de su carrera.

—No lo sé —contesta Sophia, que ya ha recuperado su aspecto normal—. Hoy está un poco rara.

Pero no es la única. Todos los niños con superpoderes acuáticos están intranquilos. Los que tienen poderes de pez, de pulpo, de medusa, hasta de estrellas de mar se comportan de forma extraña. O mejor dicho, no se comportan de ninguna manera y se dedican a observar embobados el agua del estanque.

—Lily, ¿qué te ocurre? —pregunta Sophia—. ¿Estás bien?

La chica delfín no contesta.

—Lily —insiste Emma—, ¿qué le pasa al agua?

Ahora sí. Ahora parece que Lily dice algo, pero lo dice tan bajito que nadie la entiende.

—¿Qué le pasa a Lily? —pregunta Kat, que también se ha acercado para ver lo que sucede.

—NO HAY PECES —contesta Lily, y ahora sí que se la oye.

—¿No hay peces? —pregunta Sophia, mientras observa de cerca el estanque.

Así es. Normalmente en el estanque de Power Park hay muuuuchos peces. Peces con grandes y largos bigotes que viven aquí desde que se construyó el parque, hace ya muchísimos años. Peces famosos por su gran tamaño y sus increíbles colores y que ahora han desaparecido.

—¡Es verdad! —exclama Emma, examinando el agua con atención—. ¡No hay ningún pez!

Lily vuelve a decir algo, pero habla tan bajito que ni Kat, ni Sophia, ni Emma entienden lo que dice.

—En el arrecife pasa algo —repite Lily, ahora más fuerte.

—¿En el Gran Arrecife? —pregunta Kat extrañada—. ¿Qué quieres decir?

Pero Lily no contesta.

Sin decir ni media palabra más, empieza a correr.

—¡Lily! ¿Adónde vas? —quieren saber sus amigas.

Pero Lily ya se dirige al Gran Arrecife, por supuesto.

Como si el suelo quemara, la chica delfín sale a gran velocidad de Power Park y se dirige hacia los acantilados de Animal City.

Kat, Emma y Sophia deciden entonces despertar a Olivia, que todavía duerme bajo la estatua, y después de unos «¿Eh?», «¿Qué ocurre?», «Tengo sueño», «¿Peces?» y «¿Dónde?», las cuatro Supermask van en busca de su amiga delfín.

4

Atrapados

Aunque el superpoder de Lily no es la velocidad, corre tan rápido que hasta a Emma le cuesta alcanzarla. En menos de quince minutos, las cinco chicas salen del parque, atraviesan la ciudad y recorren la costa hasta llegar al Gran Arrecife.

Desde los acantilados, puede verse en lo alto la escuela, coronando las rocas.

—¡Vaya caída hay desde ahí arriba! —exclama Kat impresionada.

—Sí —responde Emma—. Nunca me había fijado.

Así es. Desde la PETS hasta donde se encuentran ellas en esos momentos hay un montón de metros.

La única Supermask que no mira hacia arriba es Lily. Desde que ha llegado al acantilado intenta llamar a sus amigos los peces. Uno de los superpoderes de Lily es el de hablar con los seres acuáticos, pero por mucho que lo intenta, nadie responde a su llamada.

—Quizás estén ocupados —aventura Olivia.

—¿¿TODOS?? —pregunta Lily visiblemente preocupada—. ¿Y por qué no hay peces en el estanque del parque?

Decidida y sin avisar, la chica delfín no lo duda ni un momento y se tira al agua.

—¿Y ahora qué hacemos? —pregunta Sophia preocupada.

—Esperar —contesta Emma—. Nosotras no podemos respirar bajo el agua.

Un minuto.

Dos minutos.

Cinco minutos.

Diez minutos más tarde, Lily aparece por fin en la superficie del mar.

—No se la ve muy contenta —afirma Olivia.

—No —contesta el resto de las Supermask.

Lily llega a las rocas donde se encuentran sus amigas y les cuenta lo que ha averiguado. No son buenas noticias. Todo el mar está revolucionado por lo que ha sucedido y por eso nadie acudía a la llamada de la chica delfín. Los peces payaso ya no se ríen; los caballitos de mar ya no cabalgan sino que trotan y huyen asustados; las ostras permanecen cerradas y los caracoles se esconden en sus conchas.

—Todos están huyendo —explica Lily.

—Pero ¿por qué? —pregunta Sophia.

—Porque TIENEN MIEDO.

—¿Miedo de qué? —pregunta Olivia.

Nadie lo sabe. Lo único que saben todos los seres acuáticos es que han desaparecido las crías de delfín, que nadie las encuentra y que tienen que esconderse como sea porque ellos también pueden estar en peligro.

—Tengo que ayudarlos —asegura Lily a sus amigas.

—Pero —interviene Kat alarmada—, pero si no sabemos...

Kat se queda con la frase a medias. Sin dudarlo, Lily vuelve a lanzarse al mar y desaparece entre las olas.

Un minuto.

Dos minutos.

Cinco minutos.

Veinte minutos y Lily no aparece.

—¿Y ahora qué? —pregunta Sophia, que va cambiando de color continuamente, como le pasa siempre que se pone nerviosa.

5

Una idea genial

Ya ha pasado más de media hora desde que
Lily se ha zambullido en el agua. ¿Qué debe
de estar pasando ahí abajo?

—Tenemos que hacer algo —propone Emma,
tan decidida como siempre.

—Vale —contesta Kat—, pero que yo sepa los
guepardos no respiran bajo el agua. Ni las li-
bélulas, ni los panda, ni los camaleones...

 45

Es cierto. Ninguno de los superpoderes de las Supermask permite que puedan respirar bajo el agua. Kat, con su supervisión, intenta averiguar lo que ocurre más allá de la superficie, pero no lo consigue.

—¿Y si...? —propone bajito la tímida Sophia.

Pero no la dejan hablar.

—¿Y si pedimos ayuda a compañeros con superpoderes para respirar bajo el agua? —propone Emma.

Sophia lo vuelve a intentar:

—Yo creo que...

Nada. Ni caso.

—¿Y si pedimos ayuda a los pescadores? —propone Olivia.

Sophia, harta de que nadie le haga caso, no tiene más remedio que gritar:

—¡¡¡¡Chicaaaas!!!!

—Vale, vale, Sophia —dice Emma—, tampoco hace falta levantar la voz.

—¡Es que no me hacéis ni caso! —se queja la chica con poderes de camaleón.

—Perdona —interviene Kat—. ¿Tienes alguna idea?

—Sí —asegura Sophia—. Podemos respirar bajo el agua, pero para ello tenemos que entrar en la escuela.

Tras unos segundos de desconcierto, Kat, Emma y Olivia se dan cuenta de lo que está pensando Sophia y al unísono exclaman:

—¡¡¡¡CLAAAARO!!!! ¡Muy buena idea, Sophia!

¿Claro? ¿Buena idea?

¿Por qué tienen que entrar en la escuela para respirar bajo el agua?

Muy fácil. Cuando los alumnos de la escuela realizan sus pruebas acuáticas, ¿cómo saben los profesores si lo hacen bien o mal? ¿Cómo pueden ayudarlos si algo no va bien? Muy sencillo: los profesores utilizan unos respiradores modernísimos que les permiten aguantar bajo el agua varias horas. Y no solo eso. Con esos aparatos también puedes comunicarte con todas las criaturas acuáticas. Sí, como Lily.

—Pero hay un pequeño problema —continúa Sophia.

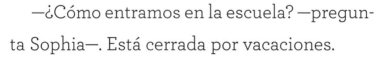

—Si es pequeño... —responde Olivia.

—¿Cómo entramos en la escuela? —pregunta Sophia—. Está cerrada por vacaciones.

Emma mira hacia la izquierda, pero no se le ocurre nada. Olivia mira hacia abajo y tampoco se le ocurre nada. Sophia mira hacia la derecha y piensa que podrían volver atrás por la costa, atravesar la ciudad y subir por la Gran Avenida hasta la PETS, pero rápidamente lo descarta. Kat mira hacia arriba y..., al instante, Sophia, Olivia y Emma imitan a Kat mirando hacia arriba y sonríen.

—Las cuevas —dice Kat sonriente.

¿Cómo no se les ha ocurrido antes? Las cuevas que hay en la pared del acantilado comunican con los sótanos de la escuela.

—Sí —responde Olivia—, pero hay otro pequeño problema.

—Si es pequeño... —responde Sophia imitando a su amiga.

—¿Cuál? —pregunta Kat.

—¿Cómo abriremos las rejas que separan el sótano de la escuela de las cuevas?

—Bueno, ya se nos ocurrirá algo —exclama Emma decidida—. ¿Vamos?

—¡Vamos! —contestan Olivia, Sophia y Kat—. ¡LILY NOS NECESITA!

6

Las cuevas del acantilado

La pared del acantilado sobre la que está construida la Poderosa Escuela de Talentos Sobrenaturales tiene dos cuevas. Una bastante cerca de la cúspide, desde donde se lanzan los alumnos de tercer curso más experimentados con el superpoder de volar, y otra a ras del agua, desde donde los alumnos con superpoderes acuáticos de segundo curso se tiran al mar.

Las Supermask deciden subir hasta la cueva que está más arriba para no perder tanto tiempo. ¿Cómo lo hacen? Kat libélula, con su superpoder de vuelo, las lleva una a una hasta la entrada de la cueva.

—Está alto, ¿verdad? —comenta Kat a Sophia mientras la sube.

—¡Muchísimo! —exclama Sophia mirando hacia abajo.

En un pispás, las cuatro amigas se encuentran en la entrada de la cueva y, una vez dentro, encienden las linternas incorporadas en los modernos aparatos que llevan en los antebrazos.

—¡Tened cuidado! ¡Resbala! —avisa Emma, que va la primera.

—Los escalones son altísimos —comenta Olivia, que ya comienza a resoplar.

Es cierto. Está muy oscuro, superhúmedo y los escalones, cuando los hay, son tan altos que en algún momento las chicas incluso tienen que escalar. ¡Menos mal que hay una cuerda gruesa atada a la pared, a modo de barandilla, y pueden agarrarse!

—¿Alguien sabe cuánto se tarda en llegar arriba? —pregunta Sophia.

Nadie lo sabe porque la entrada a las cuevas está prohibida para todos los alumnos de primero.

—Bueno —dice Olivia—, si nos pillan no nos pueden decir nada porque, técnicamente, ya no somos de primer curso, ¿no?

—Bien visto —responde Kat.

Poco a poco, peldaño a peldaño, las cuatro Supermask avanzan por el interior de la roca. Conforme avanzan, los peldaños ya son más regulares y menos altos, y muy pronto aparece una luz al final de un pasadizo.

—Ahora, silencio —susurra Emma—. En teoría, la escuela está cerrada por vacaciones, pero nunca se sabe.

Sin hacer ruido, Emma, Kat, Sophia y Olivia apagan las linternas y avanzan hacia la luz.

—Las rejas —susurra Kat.

—¿Están cerradas? —pregunta Sophia.

Cerradas es poco. Cuatro cadenas con cuatro candados rodean y cierran los gruesos barrotes.

—Es imposible pasar —asegura Sophia mientras intenta colarse entre dos barrotes.

—Olivia —propone Kat—, tú tienes mucha fuerza. ¿Por qué no intentas separarlos?

—No —dice desilusionada después de intentarlo durante un buen rato—. No puedo.

—Si estuviera aquí Lily seguro que se le ocurriría algo —asegura Emma, que no deja de pensar en qué posibilidades tienen ahora.

De pronto, una voz profunda resuena dentro de las cuevas, detrás de la reja.

—Ssssi Lily esssstuviera aquí no haría falta entrar en la esssscuela, ¿no?

¿Esa voz?

—¿No podríais haber entrado por la puerta, como hace todo el mundo?

¿Y esa otra?

Miss Bífida, la estricta profesora de entrenamiento de superpoderes, y Lady Búho de

Nieve, la directora de la escuela, aparecen detrás de los barrotes. Las Supermask, rápidamente, intentan improvisar alguna excusa que justifique su presencia allí, porque saben que está prohibidísimo.

—Es que estábamos en el acantilado, teníamos hambre y... —improvisa la golosa Olivia.

—Es que ayer olvidé en la escuela mis zapatillas de deporte y... —improvisa Emma a su vez.

—Es que tengo mi manual de vuelo acrobático en la habitación y... —improvisa también Kat.

—La verdad es que pasa algo en el mar, todavía no sabemos qué, pero Lily ha ido a investigar y aún no ha vuelto —explica Sophia con total sinceridad—. Estamos muy preocupadas por ella.

Una sonrisa aparece en el rostro de Miss Bífida y de Lady Búho de Nieve, orgullosas de que Sophia haya sido lo suficientemente valiente para decirles la verdad.

—¿Essss esssso cierto? —pregunta Miss Bífida.

—Sí, Miss Bífida —contestan las chicas todas a una.

—Y ¿a qué estáis esperando? —interviene Lady Búho de Nieve mientras les da cuatro respiradores acuáticos—. ¡Vuestra amiga os necesita!

La sorpresa de Emma, Kat, Sophia y Olivia es mayúscula.

¿Cómo saben las maestras lo que han venido a buscar? Y lo más importante: ¿por qué las están ayudando?

—Los profesores también nos hemos percatado de que algo anda mal bajo el mar —explica Lady Búho de Nieve—. Os dejaremos ir a investigar, pero tenéis que prometernos que tendréis mucho cuidado.

—¡PROMETIDO! —dicen las Supermask.

—No ssssabemos qué o quién esssstá detrássss de todo esssssto —añade Miss Bífida preocupada—. Pero ssssi alguien puede desssscubrirlo y ayudar a Lily, ssssin duda, ssssoissss vosssssotrassss, ssssussss mejoressss amigassss.

Kat, Emma, Olivia y Sophia se marchan a toda prisa con los respiradores.

—No nos han pedido ayuda —constata Lady Búho de Nieve a Miss Bífida mientras ve cómo se alejan las chicas.

—No —contesta la maestra—. Sssson muy valientessss, pero tendremossss que essstar atentassss por ssssi nossss necesssssitan. Esssssta missssión puede entrañar gravessss peligrossss.

7

¡Supermask, al rescate!

Sin perder ni un solo segundo, las cuatro Supermask vuelven a bajar por las escaleras del interior del acantilado a toda prisa y, en cuanto llegan a la salida de la cueva que está más alta, se miran a los ojos, sonríen, se ponen los respiradores y, al grito de «¡Supermaaaask!», se lanzan al mar.

No dudan.

¡CHOFFFF!

¡CHOFFFF!

¡CHOFFFF!

¡CHOOOOFFFF!

Ya en el agua, Emma, Sophia, Kat y Olivia comprueban que sus respiradores funcionan correctamente para poder llevar a cabo su misión.

—¿Estáis bien? —pregunta Emma.

—¿Repetimos? —propone Olivia, que intenta distender el ambiente.

Las cuatro amigas se sumergen enseguida. Bajo las olas no oyen nada. Es como estar flotando en otro planeta. Solo existen su respiración y las burbujas de aire que suben lentamente hacia la superficie.

—¡No hay peces! —observa Kat.

—Y tampoco hay rastro de Lily —dice Sophia.

Durante los primeros minutos, las cuatro amigas investigan por los alrededores, pero no tienen mucho éxito en su búsqueda. Nada por aquí y nada por allá. Nada por allí y nada por...

—¿Habéis visto eso? —dice de pronto Kat, señalando unos corales a lo lejos.

—¿Dónde? —pregunta el resto.

Algo se mueve por detrás de unos corales multicolores. Emma, Kat, Olivia y Sophia bucean hacia allí con cuidado y descubren a un  grupo de peces payaso muertos de miedo.

—¿Qué hacéis aquí escondidos? —pregunta Sophia gracias al respirador especial.

—¿De qué tenéis miedo? —quiere saber Olivia—. ¿Os habéis hecho daño?

Al principio, los peces payaso no contestan. Se limitan a mirar a las chicas sin atreverse a decir nada. Finalmente, uno avanza hasta Kat y le confiesa:

—Tenemos miedo de Kran —asegura el pececito, y regresa enseguida con su familia.

—¿Kran? —pregunta Emma—. ¿El profesor que fue expulsado de la escuela y que juró vengarse?

—Pues lo tenemos claro; además de ser malvado, Kran tiene enormes poderes.

Sophia está un poco desanimada, pero no puede permitir que algo así la detenga.

Después de tranquilizar a los peces payaso, las cuatro Supermask continúan investigando y se van sumergiendo cada vez más. A medida que lo hacen, la luz del día va desapareciendo y muy pronto tienen que volver a encender las linternas, esta vez debajo del agua.

—Vuestra amiga Lily ha ido a liberar a las crías de delfín

—les informa un pulpo—, pero todavía no ha vuelto.

—Kran también la ha capturado —les cuenta un atún, preocupadísimo.

Un buen rato después, unos delfines, que van dando vueltas y más vueltas en una misma zona, informan a las chicas de lo ocurrido con más precisión.

—El malvado Kran tiene encerradas a Lily y a nuestros bebés en el Desfiladero Infinito —les dice una mamá delfín.

El Desfiladero Infinito, como su nombre indica, es un profundo abismo que se encuentra cerca de las costas de Animal City. No es que esté prohibido ir, pero hay tantas criaturas que han ido y no han vuelto que nadie se ha atrevido nunca a ir a investigar.

—¿Y cómo sabéis que es infinito? —pregunta Olivia desconcertada.

Los delfines no contestan. Siguen dando vueltas y más vueltas por encima del abismo sin saber qué hacer.

—No os preocupéis —interviene Emma con decisión—. Nosotras bajaremos hasta allí, pase lo que pase.

—Oh, bajaremos, bajaremos... —interrumpe Sophia indecisa—. ¿Tenemos algo parecido a un plan? Porque hasta ahora a mí nadie me lo ha detallado...

—Pues claro —responde Kat—. Bajamos hasta allí, los liberamos a todos y le damos una buena lección a ese tal Kran.

—Vale —contesta Olivia sin perder el sentido del humor—. Si solo hay que hacer eso...

Decididas, las cuatro Supermask se despiden de los delfines, les prometen que volverán pronto y empiezan a bajar buceando por las paredes de la enorme grieta que se abre debajo de ellas.

—A ver si va a ser infinito de verdad —comenta Emma mirando fijamente hacia la oscuridad con cierta zozobra.

—No es infinito —interrumpe Kat, que con su supervisión puede ver mucho más lejos que las demás—. Y, tal como imaginábamos, ahí abajo están todos.

—¿TODOS? —pregunta Sophia.

Sí. Todos.

Lily y los pequeños delfines están encerrados en una gran red de algas. Una docena de medusas vigilan para que no puedan escapar.

Un par de tiburones con dientes afilados hacen guardia en los alrededores y el malvado Kran lo controla todo desde una enorme montaña de coral. Día y noche.

—Entonces —dice Emma—, sí que necesitamos un PLAN, ¿verdad?

8

Unidas somos invencibles

Con todo el sigilo del que son capaces y procurando que las burbujas de aire no las delaten, las cuatro Supermask consiguen llegar cerca del lugar en el que tienen prisionera a Lily y a las crías de los delfines. Una vez allí, elaboran un **PLAN**.

—¿Lo tenéis claro? —pregunta Emma muy concentrada.

—Claro como el agua de mar —bromea Olivia.

Mientras tanto, encerrada en la red de algas, Lily intenta calmar a las crías de los delfines.

—No os preocupéis. Pronto volveremos a casa. Estoy segura. Mis amigas vendrán a ayudarnos en cuanto puedan.

—¿Quiénes son tus amigas? —pregunta un pequeño delfín.

—Las mejores amigas que se puedan tener —contesta Lily—. Y además poseen superpoderes increíbles.

—¿SUPERPODERES? —pregunta otro delfín.

—Sí. La que se llama Kat tiene los poderes de la libélula y gracias a su supervisión lo puede ver todo. Emma, con los poderes del guepardo, es la chica más veloz que conozco.

—¿Más rápida que nuestros papás? —preguntan las crías.

—Muchísimo más —responde Lily—. Después está Olivia, la chica panda, que tiene una fuerza increíble, aunque a veces se duerme. Y también está Sophia, claro, que gracias al poder del camaleón es capaz de transformarse en cualquier cosa que tenga cerca y nadie la puede ver.

—¡Uaaala! —exclaman las crías de delfín—. ¿Y cuándo vendrán?

Pronto. Muy pronto. Ahora mismo, de hecho, empieza el plan de las Supermask. ¿Serán capaces de derrotar a Kran y a sus esbirros?

Por cierto, ¿cuál es el plan?

Kat, escondida, lo observará todo y dará las indicaciones pertinentes a sus amigas. Sophia se camuflará con la arena y se situará cerca de Lily. Emma despistará a los tiburones y a las medusas. ¿Y Olivia? Olivia también se acercará a la red de algas y la romperá para liberar a los prisioneros. Fácil, ¿verdad?

—Muy bien, Sophia. Acércate más e informa a Lily.

Sophia, completamente camuflada con el entorno, se acerca a las algas y llama a Lily.

—Sophia, ¿eres tú? —pregunta Lily al oír la voz de su amiga—. No te veo.

—Estoy aquí, Lily —dice Sophia abriendo los ojos todo lo que puede.

—¡Increíble! —Se sorprende Lily—. ¿Cuál es el plan?

—Ahora lo verás.

En ese momento, Kat le dice a Emma:

—¡Emma, ahora!

Emma empieza a nadar alrededor de los prisioneros. Al verlo, el malvado Kran ordena a las medusas y a los tiburones que la capturen.

—¡Cogedla! —exige el exprofesor, enfadadísimo, a través de un respirador idéntico al de las Supermask.

Pero Emma es muy rápida. Sus piernas sacuden el agua con tanta energía que ni los tiburones ni las medusas son capaces de atraparla.

—¡Olivia, tu turno! —ordena Kat.

En ese momento, los tiburones no están y las medusas se han alejado un poco. Olivia aprovecha para llegar hasta la prisión de algas y romperla.

—¡Ánimo, Olivia! —la anima Lily desde el interior.

A la chica panda no le cuesta demasiado romper los barrotes de algas y liberar a todos los prisioneros.

—¡Bien hecho! —la felicita Kat.

Las crías de delfín, contentísimas, se escapan hacia arriba en busca de sus padres. Lily, por su parte, espera a que todas estén a salvo y es la última en salir de la red.

—Hora de marcharnos, chicas —dice Kat desde su posición privilegiada.

Emma, que ha logrado despistar a todos los tiburones y a todas las medusas, decide acompañar a las crías de delfín hasta que encuentren a sus padres. Sophia y Olivia también se apuntan y empiezan a nadar hacia la superficie.

—Por cierto —dice Lily saliendo de entre las algas—, ¿dónde está Kran?

—Hace rato que no lo veo —afirma Kat desde su escondite.

Y es lógico que no lo vea. Lo tiene justo detrás porque acaba de descubrirla.

—¡Te vas a enterar, mocosa! —amenaza enfadadísimo.

—¡¡SOCOOOORRO!!
—grita la chica libé-
lula cuando ve que
Kran va a abalanzar-
se sobre ella.

¿Y ahora qué? Emma,
Sophia y Olivia están
acompañando a las crías
de delfín hacia la superficie.
¿Y Lily? Lily está demasiado lejos
para ayudarla. ¿O no?

9

Lily contra Kran

Antes de que el malvado Kran se abalance sobre Kat, Lily, la rapidísima chica delfín, tiene tiempo de salir de entre las algas y bucear hasta ellos.

—¿Te vas a enterar? —dice Lily—. ¡TÚ sí que te vas a enterar!

Lily empieza a nadar en círculos a gran velocidad alrededor de Kran y Kat aprovecha la situación para huir.

—¡Bravo, Lily! —Aplaude mientras se aleja—. ¡Dale una lección!

Y así lo hace. La chica delfín nada cada vez más rápido. Tanto, que provoca un remolino que se hace más y más grande a medida que da vueltas. La fuerza del agua es tan fuerte que el malvado profesor escorpión no puede salir del remolino que se ha creado.

Y Lily nada y nada, sin parar, y consigue arrastrar el remolino, con Kran atrapado dentro, hacia el profundo Desfiladero Infinito.

—¡Buen viaje! —le desea a Kran mientras observa cómo este se hunde.

—¡Me mareo! —exclama desesperado el malvado Kran mientras da vueltas en el remolino y se pierde en la oscuridad—. ¡¡¡Volveremos a vernoooos!!!

Agotada, Lily deja de nadar. Suerte que Kat está cerca y que Emma, Sophia y Olivia han vuelto para ayudarla, porque está exhausta y ella sola no hubiera podido alcanzar la superficie.

Lentamente, las cuatro amigas bucean hasta la superficie llevando a Lily en brazos.

—Gracias por salvar a nuestras crías —dicen los delfines.

—Gracias por enfrentaros a Kran —les agradecen los peces payaso, las tortugas marinas, los pulpos y hasta los peces espada.

Ya en las rocas y con Lily un poco recuperada, las cinco superamigas descansan a los pies del acantilado, justo delante del Gran Arrecife.

—¿Estás bien? —pregunta Olivia a su amiga delfín—. ¿Te ha hecho daño?

—¡Qué va! —contesta Lily—. Solo se me ha partido una uña.

—Ningún problema —asegura la coqueta Sophia—. En casa tengo unas uñas postizas que te quedarán de fábula con cualquier ropa que te pongas.

Todas se ríen y se abrazan. Saben que son las mejores amigas que se pueden tener y que juntas son capaces de superar cualquier obstáculo.

—Por cierto —pregunta Lily—. ¿De dónde habéis sacado los respiradores?

—¿A que molan? —contesta Emma—. Nos los podemos quedar, ¿no?

—Ni hablar —contesta una voz pausada a sus espaldas.

Es Miss Bífida en compañía del resto de los profesores de la escuela. Está la directora, Lady

Búho de Nieve, enfundada en su gran capa blanca. Está Mr. Jotas, el profesor de educación física, que no para de mover sus orejas de conejo, y Tan, el simpático maestro oriental de matemáticas, que con las manos enfundadas en sus inconfundibles guantes rojos no para de aplaudir. Todos sin excepción sonríen a las Supermask y las felicitan efusivamente.

—**BUEN TRABAJO, CHICAS** —alaba la directora.

—Gracias, Lady Búho de Nieve —responden las cinco Supermask.

—Ssssí, ssssí —continua Miss Bífida, guiñándoles un ojo—, muy bien hecho. Pero lassss mássscarassss sssse vienen conmigo; no vayáissss a creer que ya sssson vuessssstrassss para ssssiempre.

Emma, Kat, Lily, Sophia y Olivia, obedientes, entregan los respiradores a Miss Bífida.

—¿Seguro que no...? —lo intenta de nuevo Olivia, que en esta ocasión se resiste a obedecer a Miss Bífida.

—Ssssegurísssssimo —contesta la profesora sin dejar que acabe la frase.

—¿Y qué os parecería empezar ya las vacaciones de una vez? —propone Lady Búho de Nieve—. Parece que no os apetezca dejar la escuela...

Todas se ríen a carcajadas, porque si en algo están todas de acuerdo es en que se mueren de ganas de empezar las vacaciones.

Agotadas pero felices, las Supermask abandonan el acantilado en compañía de los profesores. Ya va siendo hora de olvidarse por un tiempo de la PETS, los maestros y los Kran de turno.

—¿Comemos algo? —pregunta Olivia—. ¿O vamos a dormir?

Todas sonríen. Olivia es… Olivia.

10

Ovaciones
y ¡un montón
de abrazos!

Al día siguiente, ninguna de las Supermask se levanta temprano.

¡Ding-dong!

Si fuera un día normal, Lily estaría leyendo.

¡Ding-dong!

Emma estaría haciendo abdominales, flexiones o alguna que otra carrera.

¡Ding-dong!

Kat estaría practicando piruetas de vuelo y Sophia estaría dibujando bocetos para ir a la última moda.

¡Ding-dong!

La única que hace lo habitual es Olivia, que a las doce del mediodía todavía está durmiendo y el timbre de su casa no para de sonar.

—¡Oliviaaaa! —grita su madre—. ¡Tus amigas están aquí!

Así es. Kat, Sophia, Emma y Lily han ido directamente a casa de Olivia para ir juntas a Power Park.

—Es muy temprano, ¿no? —se queja Olivia, que todavía lleva el pijama puesto.

—Son más de las doce, Olivia —responde Lily—. Quedamos que a esta hora iríamos al parque. Y HE LEÍDO EN UN LIBRO QUE... Que es muy importante entre amigas respetar lo acordado.

—Vaaaale —se queja la chica panda—, pero podré desayunar algo, ¿no?

Después de zamparse casi media nevera, Olivia se viste y se va al parque junto al resto de las Supermask.

—Qué raro —dice Kat—. No hay nadie por la calle.

Es cierto.

Normalmente a estas horas, Animal City está lleno de gente que va a trabajar, que está de compras o que simplemente pasea. Hoy no. Hoy no hay nadie.

Al llegar a Power Park las cinco amigas averiguan por qué.

Toda la ciudad se ha concentrado en el parque para felicitar y agradecer a las cinco Supermask lo que hicieron ayer.

Están los profesores de la PETS, estudiantes de todos los cursos y la mayoría de los habitantes de Animal City, que aplauden efusivamente a Kat, Emma, Olivia, Sophia y, sobre todo, a Lily.

Pero lo mejor llega al final, justo delante del estanque. Hombres, mujeres, niños y niñas con poderes acuáticos le dan las gracias a Lily por haber sido tan valiente y por haberse enfrentado al malvado Kran y haber conseguido derrotarlo.

Niños con poderes de sardinas, pez payaso, merluza, pez espada, calamar, pulpo o estrellas de mar le regalan un collar con la forma de un delfín.

Niñas con poderes de ballena, cangrejo y caballito de mar la obsequian con hermosos ramos de flores.

Hombres orca, mujeres salmón y abuelas delfín la llevan en volandas hasta el estanque coreando su nombre.

—¡LILY, LILY, LILY!

La chica delfín, muerta de vergüenza, no sabe qué hacer ni qué decir, pero cuando ve que los peces del estanque han regresado y que nadan tan libres y felices como siempre, sonríe encantada de la vida y se dirige a abrazar a sus amigas.

Lily está contenta y emocionada.

Para la chica delfín supone mucho haber podido devolver la calma a los animales marinos y al Gran Arrecife.

—Sin vosotras nunca lo hubiera conseguido —confiesa Lily emocionada y al borde de las lágrimas.

—SOMOS UN EQUIPO —contesta Kat sin dudarlo.

—¡El mejor equipo! —asegura Olivia—. ¡Vaya aventura!

—Ni que lo digas —responden Emma y Sophia mientras observan orgullosas a sus amigas.

¿Cuál será la próxima aventura de las cinco amigas inseparables?

¡Con las Supermask, nunca se sabe!

SUPERMASK

KAT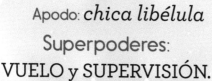

Apodo: *chica libélula*

Superpoderes:
VUELO y **SUPERVISIÓN.**

Le **GUSTA:** curiosearlo todo
y documentarse en internet.
NO le gusta: esperar.

Punto fuerte: es sincera y leal.
COLOR preferido: **AZUL.**

Día de la semana preferido:
miércoles, porque es el día que
practica vuelo con piruetas.

Frase preferida:
«¿Lo investigamos?».

Su sueño: sobrevolar el desfiladero
del DESIERTO ROJO.

Su secreto:
escribe un
diario.

lily

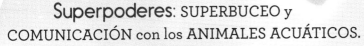

Apodo: *chica delfín*

Superpoderes: SUPERBUCEO y COMUNICACIÓN con los ANIMALES ACUÁTICOS.

Le GUSTA: viajar y aprender COSAS NUEVAS.

NO le gusta: que haya tantos libros que no ha leído.

Punto fuerte: es muy LISTA y le interesa todo.

COLOR preferido: ROSA.

Día de la semana preferido: lunes, porque en la semana que empieza pueden pasar cosas maravillosas.

Frase preferida: «He leído en un libro que...».

Su sueño: visitar la famosa BIBLIOTECA de la CIUDAD PERDIDA.

Su secreto: apunta en una libreta todas las especies de animales submarinos con los que ha HABLADO alguna vez.

Olivia

Apodo: *chica panda*

Superpoderes:

SUPERFUERZA y dormir en cualquier posición.

Le GUSTA: ¡DORMIR, DORMIR
y DORMIR!

NO le gusta: llegar tarde, aunque
le pasa a menudo...

Punto fuerte: es muy bromista y siempre
está de buen humor (cuando no duerme, claro).

COLOR preferido: AMARILLO

Día de la semana preferido: domingo,
porque generalmente puede levantarse
tarde, echarse una siesta después de
desayunar y otra después de comer. :)

Frase preferida:
«¿Comemos o dormimos?».

Su sueño: ir de vacaciones al
PALACIO DE JADE.

Su secreto:
esconde frutos secos
y golosinas.

EMMA

Apodo: *chica guepardo*

Superpoderes: SUPERVELOCIDAD y SALTO.

Le GUSTA: el deporte y los DESAYUNOS SANOS.

NO le gusta: pasar más de un día sin correr o practicar algún deporte.

Punto fuerte: está dispuesta a todo para ayudar a sus amigas.

COLOR preferido: LILA.

Día de la semana preferido: SÁBADO, porque puede seguir los partidos de sus deportes favoritos.

Frase preferida: «Si quieres, puedes».

Su sueño: participar en las OLIMPIADAS.

Su secreto: duerme con su peluche de la infancia.

SOPHIA

Apodo: *chica camaleón*

Superpoderes:
SUPERCAMUFLAJE y ESTILO.

Le GUSTA: LA MODA.

NO le gusta: destacar, por eso odia cambiar de color cuando se pone nerviosa.

Punto fuerte: es prudente y responsable.

COLOR preferido: VERDE
(¡combina genial con su color de pelo!).

Día de la semana preferido: JUEVES, porque es cuando tiene tiempo para leer la revista de moda que más le gusta.

Frase preferida: «¡Me encanta tu estilo!».

Su sueño: convertirse en DISEÑADORA DE MODA.

Su secreto: cuando necesita relajarse, ordena todos sus lápices de colores empezando por el que más le gusta y acabando por el que menos.

No te pierdas las aventuras de las heroínas con los poderes más animales

SOPHiA   EMMA   OliViA